Le Conscrit ou Le Retour de Crimée

Ernest Doin

PERSONNAGES :

LEFUTÉ, riche fermier, parrain de Criquet, caractère fin, rusé.
ROBERT, Jeune villageois, conscrit.
JULIEN, Jeune villageois, conscrit.
CRIQUET, conscrit, filleul de Lefuté, (comique).
LAVALLEUR, vieux sergent recruteur.
TAPIN, Tambour.
MATHURIN, Villageois conscrit.
Troupe de conscrits, 1er acte, au 2e acte, troupe de villageois.

ACTE PREMIER.

La scène se passe près de la ferme de Lefuté. Dans le fond une barrière, arbres. A gauche sur l'avant-scène un cabaret ; devant, table, bancs, bouteilles, gobelets ; au lever de la toile, les conscrits boivent, jouent aux cartes, tableau très-animé. Un drapeau français est près de l'auberge. Mathurin le prend au moment du départ.

SCÈNE 1ère.

TAPIN, LAVALEUR, (Lefuté, Robert, Julien, villageois à la table.)
TAPIN, (s'accompagnant du tambour).
CHANT.
Par ordre supérieur
Les jeunes gens du village
Sont informés du passage
De l'officier recruteur.
Qu'au tambour on se rallie,
Qu'on se rende à son appel.
Par son ordre je publie
Cet avis d'après lequel
Tous les conscrits sont invités
A se rendre à la mairie
Afin d'être, visités
Et puis enrégimentés.
(Ici les conscrits se lèvent et viennent former le cercle avec le sergent et le tambour)
(Choeur général).
Par ordre supérieur
Les jeunes gens du village
Sont informés du passage
De l'officier recruteur,
LEFUTÉ.
C'est donc pour aujourd'hui, sergent ?
LAVALEUR.

Oui, mon brave, voyez-vous, la France a besoin de soldats pour en finir avec Sébastopol et on veut que ça marche rondement.
LEFUTÉ.
On dit que Pélissier est un fameux général.
LAVALEUR.
J'crois ben, mille baïonnettes ! Je vous promets qu'c'est un lapin qui n'a pas froid aux yeux et qu'il sait tailler des croupières aux Russes !

ROBERT (avec feu).
Ah morbleu ! Il me tarde d'y être, moi ! Je suis fier d'être tombé au sort et de partir pour la Crimée !... Ah ! j'vous dis que je ne reculerai pas.
LAVALEUR.
Bravo !... Bravo !... Allons, si tous étaient comme toi, la France serait bien défendue.
ROBERT.
Oui, sergent, car je l'aime, moi, et mon premier comme mon dernier cri sera : Vive la France !
LAVALEUR.
Oui, mon ami, tu as raison, aime la France, car la France... vois-tu, la France !... c'est la France !... et il n'y en a qu'une.
JULIEN.
Moi aussi, sergent, j'aime la France, mais je préfère rester au pays que d'être soldat.
LAVALEUR.
Qu'est-ce que c'est qu'un blanc-bec comme ça ?... Ma foi, tu ne ferais pas mon affaire ; car à t'entendre, je crois que tu ne serais jamais qu'un mauvais soldat. Tu as peur ?...
JULIEN.
Moi, peur ?... oh ! non, sergent, vous ne comprenez pas mes paroles. J'aime la France, je donnerais mon sang pour elle ; mais si je dis que j'aime mieux rester au pays, c'est que je suis le seul soutien de ma pauvre vieille mère infirme !... Oh ! sans cela, j'endosserais vivement le costume militaire.
LAVALEUR, (lui frappant sur l'épaule).

Allons, allons ; voilà qui me raccommode avec toi ; un bon fils, c'est comme un bon soldat, il se fera aimer de tous.

LEFUTÉ. On dit, sergent, qu'il y a déjà eu des batailles ?

LAVALEUR.

J'crois ben, mille bombes ! Et de dures, encore ! A Inkermann, surtout...
C'est là qu'ça ronflait, allez !

LEFUTÉ.

Vous y étiez, sans doute ?

LAVALEUR.

J'm'en flatte et j'm'en glorifie !... Cré coquin ! quand j'y pense, y m'semble que j'y suis encore ! Ah ! ça marchait !... ça ronflait !

ROBERT.

Racontez-nous donc ça, sergent.

LAVALEUR.

Volontiers, mon brave !... Donc, c'était vers le soir... nous étions sous nos tentes... la pluie tombait... tombait... on n'aurait pas mis un chien dehors... quand tout à coup... le brutal...

ROBERT.

Le brutal !... qu'est-ce que c'est que ça, que le brutal ?

LAVALEUR.

Le brutal, mon garçon, c'est le canon... c'est une manière de parler au rrrrrégiment... Donc, le brutal se faisait entendre... ça marchait pas mal... c'étaient nos alliés les Anglais qu'étaient aux prises avec les Russes, et ça s'tapait dur... La nuit était sombre et nous ne savions que dire, car nous ne connaissions pas les forces de l'ennemi...
Cependant vers dix heures la fusillade était comme un roulement... le canon tonnait à toute minute ; ça commençait à nous inquiéter et surtout à nous chatouiller !... Mais vlà qu'tout à coup notre brave général Bosquet arrive et nous dit : Enfants ! les Anglais se font écharper, ils ne sont pas en nombre et les Russes arrivent de tous côtés !... Vite ! aux armes ! En avant et au pas de charge !... Ah ! tenez, j'crois qu'j'en danserais quand j'y pense...

Nous partons une colonne, notre brave général en tête et j'vous laisse à penser si nous arpentions le terrain !... Nous arrivons, il était temps, les Anglais ne pouvaient plus y tenir malgré leur courage... car les Russes étaient trois contre un !... Aussitôt qu'à la lueur de la fusillade et des pots à feu, on nous aperçut, les Anglais se mettent à crier : Voici les Français ! Hourra ! Vive la France !... Nous y voilà... nous tombons sur le dos des Russes à coups de fusil, a coups de baïonnettes ! à coups de poings ! corps à corps... à coups de tout enfin... et vlan, pif ! paf ! pouf !... on leur z'y donne une rincée que l'diable en aurait pris les armes !... Ah ! Il fallait les voir s'ils prenaient le chemin d'chez eux plus vite qu'ils n'étaient venus !... Ah ! mille canons de canonnades, y m'semble que j'y suis encore !
ROBERT.
Nom d'une bombe !... Dieu ! que j'aurais voulu être la !... Ah ! Sergent, vous verrez que je ne resterai pas en arrière !... Oui, je le répète, je saurai faire mon devoir de soldat !
LAVALEUR
C'est bien, mon garçon, avec des sentiments comme ça, tu feras ton chemin... Pélissier aime les braves et si tu te fais remarquer, sois tranquille, il ne te perdra pas de vue.
LEFUTÉ.
Ah ! d'abord, moi, je réponds de Robert.
JULIEN.
Oui, car, comme je le connais, j'crois que les Russes ne lui feront pas peur.
LAVALEUR.
Et aussi, comment voulez-vous que l'on ait peur sur le champ de bataille quand vous voyez nos généraux s'exposer eux-mêmes au feu de l'ennemi pour encourager nos soldats ?...

Et surtout, quand on voit nos aumôniers, parler à nos braves de cette belle religion dont ils sont si fiers !...
Oui, mes amis, il n'est rien de si grand, de si touchant en voyant ces braves et bons prêtres parcourir le champ de bataille, encourager celui-ci, employant les termes de soldat avec celui-là !... Ils sont toujours là près de vous comme une sentinelle avancée ; on les

écoute avec plaisir !... Ah ! dame ! c'est qu'aussi tous nos soldats portent la médaille de Marie, et avec elle ils se croient invulnérables devant les balles ennemies !

LEFUTÉ (avec feu).

Bravo ! sergent, touchez là, j'aime à vous entendre parler ainsi de notre brave clergé et de notre belle religion !... car, malheureusement, dans le métier des armes on ne trouve que trop d'incrédules... Mais espérons et croyons que la France, notre belle France sera toujours victorieuse !

LAVALEUR.

Ah ! mon brave, c'est le voeu de tous les bons Français... mais, moi qui vous parle, j'aime bien la France, n'est-ce pas ? Eh bien ! J'ai quelquefois des craintes pour l'avenir, et pourquoi ?... Je vais vous le dire, dussiez-vous vous moquer du vieux soldat... En 1846, on m'a dit qu'une prédiction avait été faite par une sainte et pieuse personne, que la France était menacée d'une grande guerre qui la ruinerait, qui l'humilierait, en un mot, que notre belle patrie serait envahie par une nation étrangère et que cette nation serait la Prusse !... Eh bien ! Mes amis, si cela devait arriver, ce serait la faute aux enfants de la France, car malheureusement il faut bien se l'avouer, de prétendus philosophes des écrivains immoraux lancent parmi notre brillante jeunesse, des feuilles impies, par malheur trop tolérées de l'autorité !...

Oui, la foi s'éteint !... Et s'il le faut !... Ah ! Mes braves amis, je ne vais pas plus loin... car si la France un jour est envahie par l'étranger... c'est que la main de Dieu se sera appesantie sur elle !... Mais non !... la France est la fille aînée de l'Eglise et ses enfants ne se montreront pas ingrats !... Tenez, éloignons de nous ces pensées qui m'ôteraient tout mon courage !... Allons, mes braves amis... je vous quitte, je vais faire un tour au village et je reviendrai dans quelques heures chercher nos jeunes recrues, et en avant, le sac sur le dos... Au revoir...

(Il sort avec Tapin).

SCÈNE 2e

LES PRÉCÉDENTS (hors Lavaleur et Tapin)
LEFUTÉ.

Comme ça mon cher Robert, tu es donc bien décidé et bien content de partir ?

ROBERT.

Oui, M. Lefuté, joyeux et content !... Quel bonheur de verser son sang pour la patrie !... Quel plaisir de voir une belle et grande bataille !...

Tenez, les récits de ce brave sergent ont doublé mon courage.

JULIEN.

J'en connais un qui n'est pas si joyeux que toi, Robert.

LEFUTÉ

Ah ! tu veux parler de mon filleul Criquet ? Il est vrai que le pauvre garçon fait une triste figure depuis qu'il a tiré à la conscription et qu'il a amené le numéro Un !... Il ne mange plus, il ne fait que pleurer... Ma parole, ça me fait de la peine.

ROBERT (riant).

Mais où est-il donc ? on ne l'a pas vu de toute la matinée... Où peut-il être fourré ?

MATHURIN.

Moi, j'l'ai aperçu au coin d'la barrière du père Lucas ; y s'tenait les deux poings sur les deux yeux et faisait des soupirs qui pouvaient s'entendre d'un quart de lieue.

JULIEN

Ce matin, en venant ici, je l'ai aussi rencontré, comme dit Mathurin ; je lui ai parlé, mais il n'y avait pas moyen de le comprendre, les sanglots lui brisaient la respiration ; ma foi, si ça continue, le pauvre Criquet en mourra de douleur, je crois.

MATHURIN (regardant dans la coulisse).
Mais... mais... quel est ce bruit que j'entends là-bas ?
ROBERT (allant au fond).
Eh ! par ma foi, je ne me trompe pas... c'est lui... c'est Criquet... Ah ! quel drôle de figure et comme il est affublé !... Venez donc, les amis... venez donc !... (Riant aux éclats) Ah ! ah ! ah ! ah !
(Tous sont au fond riant aux éclats).

SCÈNE 3e

LES PRÉCÉDENTS, (Criquet, longue tuque blanche avec le N° 1, il est en sabots, un sac sur le dos).
CRIQUET (dans la coulisse, le ton pleurard).
Adieu, les connaissances, j'vous r'verrons avant que d'partir.
(Il entre en scène).
ROBERT (toujours riant).
D'où viens-tu, Criquet ?... Voyons... parle... qu'as-tu donc ?
CRIQUET.
Ah ! bonjour, Robert, bonjour, Julien, bonjour, les amis... Hein ! Robert, ça fait mal, n'est-ce pas, de quitter comme ça les connaissances ?
ROBERT.
Voyons, Criquet, mauvais conscrit !... On prend du courage, que diable !... Est-ce qu'on se laisse abattre comme ça ?
CRIQUET.
Du courage... du courage... c'est bon à dire, ça !... T'en as donc, toi, Robert, du courage ?
ROBERT.
Je m'en flatte !... Est-ce que ce n'est pas glorieux, d'abord quand nous nous verrons un bel uniforme, et surtout de combattre pour la gloire de notre belle patrie !
CRIQUET.
Ouiche !... tout ça c'est bel et bon, mais tiens, vois-tu, Robert, moi, l'courage peut pas m'entrer dans la tête... j'ai là... tiens... sus l'estomac, comme deux galettes chaudes de sarrasin !
JULIEN

Mon pauvre Criquet, il faut tâcher de te remonter un peu le moral ; c'est vrai que ça fait de la peine et je crois bien que tu n'es guère fait pour être soldat, et, sur ma parole, je te plains.

   CRIQUET
Ah ! toi, Julien, t'es ben heureux... te v'la exempt de c'te diable d'engeance militaire !... Diable de Carmée, va !... J'vous d'mande un peu si c'est jouer de malheur !... J'arrive à la mairie, avec toi, avec Robert, Jobin, Jean Claude, Mathurin !... Bon !... Vous attrapez tous un bon numéro, moi j'mets la main dans ce sac de malheur et vlan ! J'attrape le numéro Un... ! ! !... Tiens ! j'en r'viens pas...
LEFUTÉ
Console-loi, va, mon pauvre filleul, j'penserai à toi et je t'écrirai souvent.
CRIQUET
Ah oui ! parrain, ça m'f'ra une belle jambe, ça, qu'vous pensiez à moi !.. quand j's'rai au milieu de tout c'fracas d'pistolets, d'fusils, d'canons, brrrrrr !...
ROBERT.
Voyons, voyons, Criquet, que diable, tu es un homme à la fin !
CRIQUET.
Dame !... j'dis pas... mais tiens, vois-tu, Robert, quand j'pense qu'il faut quitter parrain Lefuté, ma grosse Rose, mon chien Zozor et pis... et pis... (avec un gros soupir) et pis c'te pauvre chère Caillette... ah ! ah ! ah !
ROBERT (riant)
Caillette ?... Qu'est-ce que c'est qu'ça, Caillette ?...
CRIQUET.
Eh ben !... tu sais ben, Caillette !... notre vache ? Sitôt qu'à m'voyait v'nir le matin, alle riait d'plaisir. Tiens, Robert, d'pis que c'te chère bête sait que j'sis pour partir pour c'te maudite Carmée... alle mange plus, a fait des reniflements, des gémissements qu'ça m'en donne comme des combustions dans l'estomac.

ROBERT

Tiens, tiens, Criquet, tout ça, c'est des bêtises, faut laisser l'chagrin d'côte... viens chanter avec tes amis... viens boire un bon verre de vin avec les amis, et après, tu partiras joyeux.

CRIQUET

Oh ! pour ça, non, Robert, jamais !... J'sis trop abasourdi... et pis j'te d'mande un peu... qui qui m'ont fait ces Russes pour que j'aille me faire tuer dans c'te coquine de Carmée ?... Ah ! Jarnigoi ! j'ai pas une goutte de sang dans la tête !

COUPLETS.

Queu douleur ! faut que j'aille
Vivre loin du pays !
J'aimons pas la bataille ;
Car j'n'ons pas d'ennemis.

ROBERT.

A tout je me conforme ;
J'partirai sans regrets ;
Le tambour, l'uniforme
Ont pour moi des attraits.
Rantanplan, rantanplan !
J'aime ce r'frain du régiment :
Rantanplan, rantanplan,
Ran ran tan plan plan.

CRIQUET

J'ons le coeur qui me serre
Quand j'vois battre un dindon ;
Pourrai-je |ben à la guerre
Tuer des gens pour tout d'bon ?

ROBERT.

Les enfant de la France
A l'ennemi vont gaîment,
Et pas un ne balance
Quand on crie : En avant !
Rantanplan ! rantanplan !
Amis, la gloire nous attend.
Rantanplan rantanplan,

Ran ran tan plan plan !

    CRIQUET.
Après une bonne affaire
On r'vient clopin-clopant.
ROBERT
Mais à la boutonnière
Peut briller un ruban.
CRIQUET. (Parlé : Oui... mais)
On attrap' queuq' torgnole.
ROBERT
Et l'on devient sergent.
CRIQUET
L'canon vous carambole
Et l'on meurt...
ROBERT (Lentement et à voix basse).
    En chantant :
Rantanplan, rantanplan
On voit l'ennemi fuyant
Et l'on s'dit en mourant :
Ran ran tan plan plan !
CRIQUET
Ran tan plan, ran tan plan !
Tout ça n'est pas amusant ;
J'aime mieux dire bien portant :
Ran ran tan plan plan !
ROBERT (à Lefuté).
Tenez, franchement, M. Lefuté, je crois que votre filleul Criquet ne fera jamais qu'un mauvais soldat.
LEFUTÉ.
Oui, oui, c'est vrai, et plus j'y pense, plus j'ai peine de le voir partir. Je voudrais bien trouver un moyen pour l'en exempter.

    ROBERT

Parbleu ! pour l'en exempter, le moyen est tout facile à trouver, père Lefuté, achetez-lui un remplaçant... C'est facile ça !
LEFUTÉ.
Heu ! heu ! facile... facile... pas tant facile que tu le crois, Robert ; pour trouver un remplaçant, il faut beaucoup d'écus... et...
JULIEN
Allons donc, M. Lefuté, ce n'est pas la mer à boire un mille à douze cents francs... Voyez donc ce pauvre Criquet, il ne tient plus sur les jambes.
LEFUTÉ
Ah ! tu crois ça, toi, Julien, tu crois qu'on trouve des mille francs du premier coup.
ROBERT (riant)
Eh ! mais, M. Lefuté, cherchez donc bien dans vos vieux coffres, il y a bien encore quelque magot en réserve.
LEFUTÉ.
Ta, ta, la, ta, tout ça c'est bon a dire. (à dater de cette scène, Lefuté a le ton flatteur, insinuant, pèse ses mots). A propos, dis donc, mon p'tit Julien... tu sais... hein ?... que sur le morceau de terre que je t'ai vendu et la petite maison que j'ai fait bâtir pour ta vieille mère... tu sais... hein ?... que tu me dois une petite somme... comme... heu... heu... huit cents francs.
JULIEN (surpris et attristé).
C'est vrai, M. Lefuté... mais vous savez aussi que la récolte de l'année dernière n'a pas été très-bonne, que ma pauvre bonne mère a été malade une partie de l'hiver... Mais cette année le travail va bien, je gagne de bons gages et je pourrai avant peu vous donner un bon à-compte.

    LEFUTÉ (toujours flattant).
Ah ! mon garçon, je ne suis pas inquiet de toi... je te connais et tu es aussi connu de tous, pour ton travail, ta bonne conduite et surtout pour le filial dévouement que tu portes à ta mère... mais... vois-tu... si j'avais cette somme... ça m'aiderait pour retirer Criquet... Tu... comprends ?

ROBERT

Allons, allons, père Lefuté, laissez donc ce pauvre Julien tranquille...
Que diable lui chantez-vous là ? car, je vous vois venir.

LEFUTÉ

Ah ! Robert, tu me juges mal, je n'ai que de bonnes intentions.

ROBERT (souriant).

Oui, oui, mais vous êtes un un renard, et je crois vous comprendre...
on ne vous appelle pas Lefuté pour rien...

LEFUTÉ

(Il amène Julien sur le devant de la scène. Robert et Criquet restent
au fond ; Robert prête l'oreille de temps en temps à la conversation,
les autres conscrits se remettent à table et ne se lèvent que lorsque le
sergent arrive avec Tapin.)

Ecoute, mon Julien, je vais te parler ouvertement, c'est aussi dans ton
intérêt comme pour le mien. Consens à partir à la place de Criquet
et...

JULIEN (surpris).

Quoi ?... Que me dites-vous, M. Lefuté ?... Moi quitter ma pauvre
mère !... ô mon Dieu !
(Il se cache la tête dans ses mains).

LEFUTÉ.

Ecoute donc, mon p'tit Julien... laisse-moi finir... Si tu veux consentir
à remplacer mon filleul Criquet, non seulement je te fais remise des
huit cents francs, mais encore je me charge d'avoir le plus grand soin
de ta mère.

JULIEN (avec larmes).

Ma mère !... ma mère !... mais vous n'y pensez pas ! Vous ne savez
doute pas que demain, lorsqu'elle appellera son Julien, son fils ?, et
qu'on lui dira : "Il est parti, il est soldat !..." là pauvre mère en mourra
de douleur !... Oh ! par pitié, M. Lefuté, n'exigez pas de moi ce
sacrifice !

LEFUTÉ (pressant toujours).

Julien, mon ami, tous ne sont pas tués à la guerre... tu reviendras...
j'en suis sûr... sois sans crainte pour ta mère... rien ne lui manquera et

je m'engage à lui faire, outre son entretien, une rente de 200 francs.
Voyons !... voyons !... voyons !... Julien...
JULIEN (accablé de douleur).
Mon Dieu ! mon Dieu... Je ne puis me résoudre, malgré toutes vos
promesses, à abandonner ma mère !... Et cependant...
LEFUTÉ (même jeu).
Julien !... Julien !... C'est ton bonheur, tu le verras... ulien... encore
une fois... ta mère ne manquera de rien !... Je t'en fais la promesse
solennelle et sacrée !... allons !... (On entend le rappel).
Entends-tu ? voilà le rappel... Julien... décide-toi !
JULIEN (avec douleur)
Ma mère !... ma pauvre mère !... Ô mon dieu ! Acceptez mon
sacrifice et conservez-moi ma mère... (Après une seconde). J'accepte,
M. Lefuté, je pars à la place de Criquet, j'ai foi en vos paroles... et
demain... oh ! demain... quand ma pauvre mère vous demandera son
fils !... oh ! consolez-la... et dites-lui que son Julien reviendra.
LEFUTÉ.
Tu peux compter sur moi, je te le jure !

ROBERT (il s'avance, prend et serre la main de Julien et d'un ton
attendri)
Bien ! Bien ! Julien, j'ai tout entendu, tu es un bon fils ! Dieu te
conservera à ta mère ! Car Dieu aime et bénit les bons enfants ! (A
Criquet) Allons, Criquet, réveille-toi, mauvais conscrit, tu ne pars
pas ?
CRIQUET (tout abasourdi)
Hein ! Hein ?... Quoi ?... Qui ?... C'est y vrai ? oh ! prends garde,
Robert, tu vas me faire tomber en faillance.
JULIEN (triste).
C'est la vérité, Criquet, tu restes au pays et je pars à ta place...
Regarde-moi... vois mes pleurs, je ne cherche pas même à les retenir.
CRIQUET
Oh ! mais ! oh ! mais... c'est donc comme un miracle !... Dieu de
Dieu..
v'là mon poids de d'ssus mon estomac qui commence à s'en aller !...

Hein ? n'est-ce pas, Julien, qu'ça fait mal de partir ?... Ah ! ça, parrain, comment diable qu'ça s'est donc manigancé ?
LEFUTÉ (brusquement).
Laisse-moi tranquille, ça ne te regarde pas... avec tes pleurnicheries, tu me tires les deux yeux de la tête.
CRIQUET
Ah ben !... ali ben ! j'y comprends plus rien... A propos, tiens, mon p'tit Julien, puisque tu pars à ma place, j'vas je donner mon sac, tu trouveras d'dans un quarteron d'fromage, une douzaine de pommes d'not' verger ben mûres, un d'mi cent d'noix toutes écalées et pis deux paires de chaussons, qu'la mère Brigitte m'a tricotés c't'hiver à la veillée quand j'y racontais l'conte du P'tit Poucet... et pis... an fond du sac tu trouv'ras une p'lotte de ficelle pour te serrer l'ventre quand t'auras trop faim au régiment.

SCÈNE 4e

LES PRÉCÉDENTS. (Lavaleur, Tapin, tous les conscrits se lèvent et se placent sur une ligne, le drapeau en tête).

LAVALEUR

1er Couplet.

Eh ! bonjour, ma chers enfants,
Je viens chercher nos jeunes gens ;
Sur la liste j'vas les inscrire.
Il faut rire, il faut rire,
Rire et toujours rire !
(Tous répétant).
Il faut rire, rire et toujours rire !

2e Couplet

J'vas donner à vos conscrits
Des armes et des habits,
Puis au feu j'vas les conduire.
Il faut rire, il faut rire,
Rire et toujours rire !
(Tous)
Il faut rire, rire et toujours rire.

LAVALEUR

Allons, mes amis, disons adieu à toutes nos connaissances et en route ! (Voyant Criquet) Qui m'a bâti un gaillard de c't'espèce-là ? Es-tu conscrit, toi ?

CRIQUET (riant bêtement).

J'l'étions à c'matin, not' chargent, mais à présent je l'sommes pus... T'nez, c'est c'lui-là... c'est Julien, qui m'a remplacé, y part à ma place.

LAVALEUR (regardant Julien).

Eh ! c'est mon jeune homme qui voulait rester au pays ? Ma foi, je ne perds pas au change !... Du courage, jeune homme... c'est bon signe, tu le verras, et je te le prédis, tu feras ton chemin.

ROBERT (avec force).

Oui ! oui ! Maintenant partons et allons montrer aux Russes que quoique partant de la campagne, nous saurons leur faire voir que leurs balles ne nous feront pas peur !... Allons ! mes camarades, en avant, et répétons la belle devise de nos anciens : Aime Dieu et va ton chemin !

Tous (avec explosion, agitant leurs chapeaux).

Oui ! oui ! Aime Dieu et va ton chemin ! Vive la France !

ROBERT.

Adieu, père Lefuté... ! adieu, Criquet, mauvais conscrit... Je reviendrai décoré ou je serai tombé au champ d'honneur ! (il va se mettre en rang).

JULIEN.

Adieu, M. Lefuté ; console bien ma mère ! songez à vos promesses et priez, pour moi ! (il se met en rang). (Les conscrits défilent au son de la musique, ils font le tour du théâtre en chantant).

CHANT.

Partant pour la Syrie,
Le jeune et beau Dunois
Venait prier Marie
De bénir ses exploits.
Faites, Reine immortelle,
Lui dit-il en parlant,
Que j'aime la piu belle (bis)
Et sois le plus vaillant ! (bis)
(Ils sortent par le fond).

SCÈNE 5e.

LEFUTÉ, CRIQUET.

LEFUTÉ.

Eh bien ! maintenant, je suppose que tu es content ?

CRIQUET (flattant).

Oh ! oui, mon p'tit parrain, j'vous promets à présent que j'vas me r'mettre au travail pour récompenser le temps perdu... J'veux qu'vous soyez bien content d'moi... oh ! oui, mon cher p'tit parrain... mon p'tit parrain du bon Dieu.

LEFUTÉ

Allons, allons, c'est bon ne reste pas planté la toute la journée. Je rentre à la ferme ; tu viendras m"y retrouver.

CRIQUET

Oh ! oui... oui... mon gros p'tit parrain... j'y s'rai ben vite... Allez doucement, mon p'tit vieux parrain... prenez garde de tomber. (Lefuté sort).

SCÈNE 6e

CRIQUET (seul).
(Il va au fond) Ah ! ben ! On les voit encore !... Adieu, les amis... les v'là au haut du la montée... adieu !... adieu !... allez cueillir des lauriers, des grosses bottes de lauriers d'la victoire. Moi, j'reste avec parrain Lefuté, avec ma grosse Rose, avec Zozor, avec ma Caillette, avec tout, quoi !... J'aime ben mieux ça !... La gloire !... C'est, ben beau la gloire, comme disait Robert... mais pas pour moi.
COUPLET
Moi du pain bis je connais l'influence,
Ça n'va pas à mon tempérament ;
Près d'mon parrain, j'vivrai dans l'abondance,
Ah ! convenez qu'c'est ben pus régalant (bis).
Mon nom, je l'sais, ne s'ra pas dans l'histoire,
Mais j'vas dev'nir aussi gros qu'une tour ;
Et j'aime mieux engraisser pour l'amour
Que de maigrir pour la victoire (bis).
Et puis j'vous d'mande un peu comme c'est amusant... Brrrr !... J'en ai encore la chair de poule... je m'vois sus l'champ d'bataille... En avant !... pif ! paf ! boum !... vlà qu'ça chauffe... les balles sifflent... aie ! aie !... j'en attrape une... j'ai la jambe démolie... vite à l'ambulance... Vlà l'docteur major, avec tous ses diables de couleaux... allons, garçon... du courage... faut s'débarrasser de c'te jambe-là !... Bon !... marche, Criquet... r'tourne au village, va danser une gigue avec la jambe de bois... Non... non, j'en suis pas, j'aime ben mieux boire, manger, dormir et r'commencer comme ça tous les jours de la semaine que d'me voir dans c't'engeance de soldat militaire !...

Non, non, c'est pas mon fort d'être brave... ah ! à présent, vlà parrain, j'peux ben vous dire ça, j'suis son seul héritier du côté de ma marraine qu'était sa femme légitime et qu'était aussi ma tante du côté d'mon oncle Berluchat qu'était aussi mon parent du côté... mais ça s'rait trop long si j'vous parlais de toute ma parenté... c'est une lignée qui a pus d'bout... tant il y a que j'sis l'seul héritier majeur d'mon parrain... Eh ben, si v'nait à vouloir se r'poser y m'passerait tout son bien ! ah ! dame, c'est qu'il en a du bien, mon parrain... faut que j'fasse la réputation de tout... voyons... primo... y a la terre d'la mare aux biches... qui vaut ben ?... oui ! oui... deuzo, y a aussi la ferme de la guernouillère, oh ! ben, celle-là, alle vaut... toujours... oh ! oui... à présent : troissio, y a la maison, l'verger, la vigne et la pataugère !... Eh ben, tout ça... tout l'bien d'mon parrain, y vaut... y vaut... oui ! mais... y vaut ben plus que ça, l'bien d'mon parrain !... Tiens, j'patauge toujours à vous parler et j'ai promis à parrain d'aller l'trouver, faut pas l'tromper, c'pauvre cher homme !... Allons, me vlà donc libre !... me vlà donc débarrassé... me vlà heureux ! (Il ôte sa tuque) Ah ! grand brigand d'numéro ! m'en as-tu donné du tintouin ?... hein ?... grand scélérat !... m'en as-tu fait avoir des éclaboussures d'estomac, des poumons !... m'en as-tu fait jeter d'ces pleurs !... hein ! grand renégat ! Grand polichinelle ! Sans c'pauvr' Julien, tu m'faisais aller en Carmée !... Hein ?... Hein ?... aussi, tiens !... j'te foule aux pieds !... j'te déchire... j'te dévisage... j'te pulvérise... j'te foule sous mes sabots, et puis, j'vas chanter pour me moquer d'toi, pour te dire je m'fiche de toi comme des Russes qui n'auront pas ma peau !...
Entends-tu ?
vieux numéro d'malheur !...

COUPLET.
Que j'sis content !
Queu bonne nouvelle !
J'vas rapprendre à tout le hameau :
Je crois qu'j'en perdrons la cervelle,
Ah ! je m'sauve de mon numéro !

Que j'sis content !
Queu bonne nouvelle !
J'vas l'apprendre à tout le hameau :
Je crois qu'j'en perdrons la cervelle,
Ah ! je m'sauve de mon numéro !
Oui, je m'sauve de mon numéro !
Oui, je m'sauve de mon numéro !
(Très vite et en sautant et en sortant.)
Oui, je m'sauve de mon numéro !
Oui, je m'sauve de mon numéro !

ACTE SECOND

DEUX ANS APRÈS.

SCÈNE 1ère.

CRIQUET (un balai à la main).

Ma parole la pus sacrée, j'comprends pus parrain... d'puis hier, y m'fait travailler, épousseter, balayer... frotter... Et puis y'bougonne, y chante... y siffle... y crie... y marche à grands pas... y fait des grimaces... ma foi, ma parole, j'y entends pus rien... rien... j'crois qu'il a que'qu'chose de traqué dans l'cerveau, c'pauvr' parrain !... J'ai beau m'creuser toutes les idées... j'trouve pas... j'comprends rien... mais là... rien, rien, de rien... à la fin ça m'embête, moi, de rien savoir... y m'cache qué qu'chose, c'est sûr... Diable ! quoiqu'ça peut z'être ?... Je m'marie pas ?... oh ! non !... quand même je l'saurais ben... oh ben oui, m'marier... faut pas penser à ça !... surtout d'puis c'te grande catastrophe !... oh ! grosse trompeuse de Rose, va !... Tenez y m'semble que c'est d'hier... J'vas vous conter ça... Un jour... (il regarde dans la coulisse) aie ! vlà parrain qui vient, n'y parlez pas d'ça, n'dites rien d'moi, hein ? parc'que, voyez-vous, quand j'tombe sus l'chapitre d'ma grosse Rose... y m'appelle idiot, stupide, imbécile, bêta et pis y bougonne toute la journée... j'vous conterai ça plus tard.. (Il se met à balayer).

SCÈNE 2e

CRIQUET, LEFUTÉ.

LEFUTÉ.

Eh bon ! voyons, à quoi penses tu la ?... les bras croisés, au lieu de travailler.

CRIQUET.

Dame ! parrain, y m'semble que j'm'amuse pas à attraper les mouches... Ah ! ça, mais dites donc, parrain, sans vous commander, pourquoi donc qu'vous m'faites comme ça éclabousser d'tous les côtés avec mon balai ?... y a c'te pauvre vieille Javotte à la cuisine, qui sue à grosses gouttes à fourbir, à récurer tous ses chaudrons de cuivre jaune !... Enfin, d'pis à c'matin, on met tout sens d'ssus d'ssous dans la maison, vrai, comme si c'était la Fête-Dieu !

LEFUTÉ (se frottant les mains).

Apparemment que c'est pour une grande fête !... une fête !... Entends-tu ; Criquet ? Hein ? Tu ne comprends pas ?

CRIQUET (l'air étonné).

Ma foi, mon parrain, pas seulement le moindre des p'tits brins, et c'est ben ça qui m'turlupine.

LEFUTÉ

Ah ! Ah ! El si j'te disais... Cette fête... cette belle fête que je prépare... c'est pour recevoir deux bons amis... y es-tu, hein ?

CRIQUET (sautant de joie).

Robert et Julien, parrain ?

LEFUTÉ.

Précisément, et hier j'ai encore reçu une lettre d'eux, ils m'annoncent leur prochaine arrivée.

CRIQUET (avec joie).

Ah sapristi !... Cré coquin ! Queu bonheur ! Queu joie !...

Robert et pis c'bon p'tit Julien ! Dieu de Dieu, j'vas t'y être content d'les voir !... Ah ! à présent ça m'étonne pas si on travaille tant et comme not' ferme est avant l'village, c'est nous, parrain, qu'on aura leur première visite ?

LEFUTÉ

Comme tu dis, Criquet, et ce sera d'autant plus d'honneur pour les gens du village et pour moi, que nos deux amis oui bien rempli leur devoir de soldat !... En un mot, ce sont deux braves de l'année de Crimée !

CRIQUET

C'est y ben loin, ça, parrain, la Carmée

LEFUTÉ.

Crimée, imbécile !

CRIQUET.

Ah ! oui, ah ! oui ! Ah ! ça, parrain, dites donc, ça fait deux ans qui sont partis, n'est-ce pas ?

LEFUTÉ

Deux ans ?... y me semble qu'il y a un peu plus que ça, je crois ?

CRIQUET.

Non, non, parrain, y a juste deux ans dimanche... T'nez, c'est à l'époque où ma grosse Rosé...

LEFUTÉ (colère et frappant du pied).

Va-t'en au diable !... Vas-tu encore m'ennuyer avec tes sornettes ?

CRIQUET (reculant de peur en ressautant).

Non, non, parrain, vous fâchez pas ; voyons ! ah ! dites donc, parrain, sont y toujours dans c'même régiment ? qu'vous m'disiez, dans c'beau régiment... qu'vous appeliez... les... les... zougabes.

LEFUTÉ (fort).

Zouaves !... donc, imbécile.

CRIQUET.

Zoubabes... zougaves... ça fait rien, ça... ça rime toujours.

LEFUTÉ

Robert est dans ce beau corps ainsi que Julien, ils sont tous deux décorés de la croix d'honneur. Tiens, je vais te lire la lettre qu'ils m'écrivent. (Il tire la lettre de sa poche et lit).

Cher M. Lefuté, Nous avons quitté la Russie, nous sommes en ce moment à Paris, mais, encore quelques semaines et nous allons prendre la route de notre cher village de Blancourt ; il nous tarde de revoir tous les amis et Julien se fait une fête d'embrasser sa vieille mère. Nous sommes, comme vous l'avez sans doute appris par les bulletins de l'armée, sous-officiers et décorés. Je sais que tous partagent notre bonheur d'avoir fait notre devoir. Allons, allons, au revoir, nous serons bientôt près de vous.

Vos bons amis,

ROBERT ET JULIEN.

Aussi, comme nous sommes aujourd'hui jeudi, je les attends de jour en jour.

CRIQUET.

Ah bon, j'dis qu'ça va en faire une fête c'jour-là !... Dieu ! On va-t'y s'en donner, on va-t'y chanter... et dire, parrain, qu'si j'avais parti j's'rais p't'être ben comme eux à présent.

LEFUTÉ.

Ah ! oui, parlons-en un peu... un gaillard qui beuglait comme un veau.

CRIQUET

Dame, parrain, c'était pas dans mon goût d'endosser l'habit d'soldat ? qu'voulez-vous, j'pouvais pas me r'changer, moi !

LEFUTÉ.

Allons, c'est bon, tais-toi... Je vais aller au village parler aux amis afin de nous réunir tous ici au plus vite... je reviendrai dans une heure ou deux... Travaille bien.

CRIQUET

Oh ! oui, oui, mon p'tit parrain, pour l'arrivée d'nos deux braves, j'puis m'casser bras et jambes !... Oh ! daine, j'vous promets que l'travail ne m'f'ra pas peur.

LEFUTÉ
Allons, nous verrons ça ; bon courage. (Il sort.)

SCÈNE 3e

CRIQUET (seul).

Ah ! quand j'y pense !... quelle fête ! quelle bombance qu'on va faire !... C'est pour le coup qu'parrain va sortir de sa cave ses vieilles bouteilles de c'bon vin d'la comète de 1811. Ah !... (il s'assoit, le balai droit entre ses jambes). Dire qu'y a deux ans qu'j'ai vu Robert ! J'parie qu'y doit être grand... et pis y doit s'tenir droit comme un i.
Ça doit faire un beau... un beau... zou... zou... zouba... comment qui dit ça, donc, parrain ?... j'peux jamais m'mettre c'diable de nom-là dans la tête... Et Julien, qu'avait l'air si doux, j'sis sûr à présent qu'il a une grosse voix et pis... et pis... j'vas t'y les faire parler, j'vas t'y leur en demander des affaires, des combats d'bataille !... Ah ! et pis y faudra. qu'y m'montrent pour manigance un fusil de soldat !... C'est c'te pauvre vieille Marguerite, la mère de Julien, va-t-elle être contente de voir son garçon, elle qu'à tant pleuré, quand elle a appris son départ !... Pauvre vieille ! comme elle va l'embrasser, l'cajoler, l'bichonner ! oh ! j'vois ça d'avance ! (Coup de pistolet dans la coulisse ; Criquet tombe sur le dos). Aie ! aie ! quoiqu'c'est qu'ça ?... ah ! Mon Dieu ! la guerre ? (il se lève et va au fond). Ah ! non, c'est un régiment de militaires... v'là qui descendent la montée !... Ah ! tiens, y n'sont qu'deux ? ... Ah ! mon Dieu !... mais non ... mais oui... voyons, j'ai pas la berlue... j'me trompe pas ?... c'est lui... c'est eux... c'est les amis... oui... oui... C'est Robert !... C'est Julien !... Saperlotte !... Vlà mon coeur qui saute comme une carpe !... oh ! hé ! oh ! hé !... les amis... par ici !... hé, Robert ! Julien ! (il court de tout côté et appelle) Oh ! parrain ! parrain ! Mathurin ! Jean Claude ! Limousin ! Les v'là !... les v'là... Vive Robert ! Vive Julien ! Vive

Criquet ! Vive tout ! Nom d'un p'tit bonhomme !... J'sais pas ou donner d'la tête !... oh ! Oh ! oh ! les v'là ! les v'là ! ! !

SCÈNE 4e

ROBERT, JULIEN (en zouaves), CRIQUET.
(Ils entrent tous les deux en se tenant par le cou et en chantant).
Séjour de notre enfance,
Nous voilà, nous voila de retour ;
Les chagrins et l'absence,
Tout s'oublie (bis) en un jour.
ROBERT
Bonjour, Criquet ! bonjour, mauvais conscrit, comment ça va, hein ?
(Cordiales poignées du main).
CRIQUET (essoufflé).
Ouf !... ah ! Robert ! Julien !... bonjour... je m'porte bien... vous aussi... merci... ouf !... Laissez-moi respirer... t'nez ; j'peux pas parler tant que j'sis content, j'sis tout suffoqué ! estomaqué !
ROBERT
Ce bon Criquet !... Ça t'étonne, hein ! de nous voir dans ce beau costume ?... n'est-ce pas, mauvais soldat ?
CRIQUET
Laissez-moi donc vous r'garder à mon aise !... ah ! quel beau costume... Et c'te belle croix d'honneur !... Et pis ces grands yeux qui flamboient !.. pré machine ! Comme ça vous change, l'régiment de la guerre !
ROBERT (riant).
Bon ! bon ! Mais avec tout ça, tu n'as rien à nous donner pour nous rafraîchir ? car nous sommes diablement altérés !
CRIQUET.
J'crois que j'vas vous en chercher quéqu'chose et du bon encore, et

pis après vous m'conterez ben des choses, hein ?

    JULIEN.
Ce brave Criquet !... Mais dis donc, où est le papa Lefuté ?
CRIQUET.
Il est allé au village prévenir tous les amis, pass'qu'on vous attendait
bon, allez ! t'nez, parrain, y d'meurait pas en place !... Ah ! ça va
s'savoir ben vite et j'sis ben sûr qu'y vont v'nir vous chercher pour
aller au village !... Ah ! quelle fête ! quelle fête !... J'vas vous
chercher à boire. (Il sort en courant).

SCÈNE 5e

ROBERT, JULIEN.

JULIEN.

Quel bonheur, Robert, de nous revoir encore an pays !

ROBERT.

Oui, et surtout après avoir tant trotté et avoir passé tant de nuits sous la tente du champ de bataille !.. Oui, Julien, aujourd'hui c'est un jour de bonheur.

JULIEN (allant à la fenêtre et l'ouvrant).

Viens, viens, mon cher Robert, viens jouir d'une belle vue.

CHANT.

Voilà, bien nos champs
Et nos coteaux et la prairie.
Souvenirs charmants !
Ah ! que mon âme est attendrie !
Regarde, tout là-bas,
Ami, ne vois-tu pas
Le clocher de notre village î
Ah ! des pleurs mouillent mon visage ;
Pays, nos amours,
Nous voilà pour toujours.
(ensemble).Pays, nos amours,
Nous voilà pour toujours.

SCÈNE 6e

LES PRÉCÉDENTS, CRIQUET (avec une cruche et trois gobelets)
Et moi aussi me vlà, avec la bouteille et j'ai choisi la plus grande.
(Criquet emplit les verres, on boit).
JULIEN.
A présent, mon cher Criquet, parle-moi de ma bonne mère : elle se porte bien, n'est-ce pas ? tu la voyais tous les jours, tu lui parlais de moi et rien ne lui a manqué pendant mon absence ?
CRIQUET.
Oh ! pour ça, Julien, j'te promets qu'parrain en a eu un soin !... mais un soin !... alle était comme un coq en pâte, quoi !... Dame, aussi, c'est qu'j'allais la voir tous les jours, c'te pauvr'vieille... et de quoi qu'a m'parlait ? toujours d'son Julien, mon p'tit Julien par ci, mon p'tit Julien par là !... Mon Dieu, qu'a disait, s'il était blessé !... s'il était tué... si... enfin, ben des choses... et pis, dame, alle pleurait... moi, ça m'arrachait l'coeur et tout d'suite j'y donnais des consolations... et pis d'autres fois, j'y contais des p'tites fariboles et j'la faisais rire !
JULIEN.
Bonne mère !
CRIQUET.
Ah ! ça, dites donc, les amis, à présent qu'on s'est rafraîchi, et en attendant les autres avec parrain, car y vont v'nir, ben sûr, pass'que tout à l'heure, j'viens de dire au p'tit Piquelet qu'vous étiez arrivés ; ah ben, fallait l'voir, il a pris ses jambes à son cou pour courir au village... En attendant, toi, mon Robert, raconte-moi donc l'combat d'une bataille, hein ?

ROBERT.
Ça te ferait donc bien plaisir ?
CRIQUET.
Ah ! tiens, ça m'f'rait dresser les ch'veux par-dessus la tête.

    JULIEN.
Ce pauvre Criquet... Raconte-lui donc la prise de Sébastopol.
CRIQUET.
Oui, oui, Robert, raconte-moi ça... ça va m'mettre dans l'ravissement.
ROBERT (bas à Julien).
Tu vas rire. (A Criquet) Allons, mets-toi là, tu es la citadelle.
CRIQUET (riant).
Oh ! oh ! c'te bêtise !... Tu veux que j'fassions une citadelle ?
ROBERT (commandant).
Silence dans les rangs !
CRIQUET.
Bon !... j'dis pus rien, commence !
ROBERT.
(CHANT)
1er COUPLET.
D'abord, afin d'se distraire,
On échange quelque boulets ;
L'canon gronde comme un tonnerre,
Nous avançons de plus près.
Vlà. le combat qui s'annonce ;
Nous marchons tambour battant ;
Du premier coup l'on enfonce
La redoute du grand redan.
(Parlé). Vlan ! (il lui donne un coup de pied au derrière).
CRIQUET (riant).
Bon ! v'là la r'doute enfoncée.
(Ensemble).
En avant ! En avant ! (bis)
Not' drapeau s'ra triomphant ! (bis).

2e Couplet.

(Robert tourne autour de Criquet).

Puis cernant la citadelle,

Nous marchons de toutes parts ;

De gloire nos yeux étincellent,

Nous sommes sur les remparts.

V'là le combat qui s'avance,

Nous marchons tambour battant ;

Au seul cri : Vive la France !

Sébastopol est sur le flanc.

(Parlé, Vlan ! il passe la jambe à Criquet qui tombe).

CRIQUET (à terre, riant aux éclats).

Ah ! ah ! ah ! ah !

ROBERT ET JULIEN.

En avant ! En avant !

Not' drapeau est triomphant.

CRIQUET (qui s'est relevé).

Dieu de Dieu ! Qu'c'est beau l'récit du combat d'une bataille !... Ah !
qu'j'aurais ben voulu être là.

JULIEN.

Ce diable de Criquet, toujours le même, il est impayable.

CRIQUET.

Tout d'même, ça vous change joliment l'régiment, hein, les amis ?
C'est vrai qu'vous étiez ben résolus tout d'même au départ... Toi
surtout, Robert, ah ! dame, c'est qu'tu parlais comme un vrai soldat...
et Julien, qu'était si doux... c'est pus l'même du tout... pauvre Julien,
quand j'y pense, lui qui s'attendait pas à partir... ça m'faisait d'la
peine, vrai... mais dame, y s'est décidé tout d'suite.

JULIEN.

Oui, je n'ai pas manqué de courage, malgré ma douleur.

ROBERT.

Tiens, tiens, Criquet, au lieu de nous parler de tout ça, tu ferais bien
mieux de nous parler du pays, de ce qui s'est passé depuis notre
départ, cela nous intéressera.

JULIEN.

Oui ! oui, Criquet, dis-nous un peu s'il y a eu du nouveau pendant notre absence.

CRIQUET

Ah ! ben, dame, j'veux ben, pass'qu'il en est arrivé diablement du nouveau, allez !... oh ! oui !

ROBERT

Conte-nous donc ça.

CRIQUET (au milieu).

Eh ben ! imaginez-vous qui s'est passé des choses !... oh ! mais, des choses incroyables !

ROBERT ET JULIEN (souriant).

Ah ! bast !

Oui, oui ; d'abord, y a la petite Catelaine... vous savez ben, la p'tite Catelaine qu'a les g'noux en d'dans, qu'a marche comme ça (il la contrefait). Eh ben ! pour en r'venir à son histoire a elle, elle a tant bu d'eau, c't'été, ... tant bu d'eau qu'ça et pis les chaleurs, ça a mis l'ruisseau quasi à sec !

ROBERT ET JULIEN (aux éclats)

Ah ! ah ! ah ! Assez, Criquet, assez. Je n'en peux plus.

CRIQUET.

Et pis autr'chose... l'automne dernière y a le tonnerre qu'a tombé sur quatre moutons qui s'occupaient à manger d'l'herbe dans la plaine, si bien que l'lend'main matin on a pus trouvé rien qu'des pieds d'mouton !... C't'aventure-là a décidé mon cousin Bertambois à faire assurer ses canards contre l'incendie.

ROBERT ET JULIEN (aux éclats).

Ah ! ah ! farceur de Criquet, va !

JULIEN (en riant).

Et la prétendue, ta grosse Rose, Criquet ?

CRIQUET (soupirant).

Ah ! Julien, tu viens d'rouvrir une grande blessure dans mon coeur !

JULIEN (souriant).

Comment ? Est-ce qu'elle t'aurait fait des traits ?
CRIQUET.
Horriblement des traits !
ROBERT.
Diable ! Voyons, conte-nous donc ça, mon pauvre Criquet.
CRIQUET.
Pour lors, donc, imaginez-vous, qu'il était v'nu dans l'village, un grand méd'cin qu'les autres appelaient comme ça un charpatran...
ROBERT (riant).
Un charlatan, tu veux dire ?
CRIQUET.
J'sais pas... p't'être ben comme ça... enfin, il était dans l'village et tous les jours y v'nait sus la grand'place vendre toutes sortes de drogues, des onguents et pis des vulnéraires pour les brûlures, les cassures, les chicots gâtés, les engelures, les cors aux pieds, et pis pour faire pousser les cheveux sus les têtes chauves... bast !... est-ce que j'sais moi, toutes sortes de choses, quoi !... Il était galonné sus toutes les coutures, avec un grand chapeau à plumes rouges à trois cornes, avec des bottes d'or et une grande cocarde rouge ; il était perché sus une grande belle voiture avec deux grands ch'vaux, peinturée en rouge, en jaune et pi ?...
JULIEN (riant).
Peinturé ? qui ça ? les chevaux ?
CRIQUET.
Eh ! non, Julien, la voiture... Et pis y en avait une autre des voitures, ousse qu'y avait un tas d'musiciens qui faisaient un tapage à casser les vitres... enfin, y avait rien d'plus beau d'les entendre souffler dans des grandes machines en cuivre jaune !...

Donc, l'dimanche, j'voulais faire voir tout ça à la Rose, vlà donc que j'pars pour aller la chercher ; j'avais mis mes culottes à raies rouges, mon gilet tricolore, mon chapeau bon r'tapé avec un ruban jaune large de ça... J'arrive chez la Rose... j'tape... j'cogne, bernique !... visage de bois... j'appelle, j'crie comme un sourd... rien... rien... la sueur me coulait comme un déluge... j'parcours le village comme un insensé... j'appelle encore la Rose à grands cris... et... et...

j'apprends qu'la scélérate s'avait enfuite entre la clairinette et l'gros tambour ! ! ! aussi, t'nez, d'pis c'temps-là, je m'frais des bosses grosses comme ça qu'je me servirais jamais des vulnéraires ni des onguents de tous les charpatrans !
JULIEN.
Pauvre Criquet !... mais depuis ce temps-là, tu t'es consolé ?
CRIQUET.
Oh ! non ! pas trop... surtout quand je r'garde mon chien Zozor qu'la Rose m'avait donné comme un gage de sa fidélité,... quand j'le regarde... c'pauvr' animal, y me r'garde avec des yeux tristes, ça m'en fait un mal de chien !
ROBERT (regardant au fond).
Eh ! mais, qu'est-ce que j'entends ? quel est ce bruit ?
CRIQUET
Eh ! eh ! je n'me trompe pas, c'est parrain avec tous les amis qui viennent vous chercher ! Vive la joie... pus d'chagrin !... oh ! hé ! Oh ! hé ! arrivez ! arrivez, les v'là ! les v'là ! nos deux amis !...

SCÈNE 7e

LES PRÉCÉDENTS, LEFUTÉ, LAVALEUR, MATHURIN, VILLAGEOIS, (poignées de main en entrant et pendant le choeur, tableau vif et animé).

CHOEUR GÉNÉRAL.

A la veillée accourons tous,
Du plaisir c'est le rendez-vous.
Auprès de ceux que nous aimons,
Amis, trinquons, chantons, buvons !
Amis, amis, trinquons, chantons, buvons !

LEFUTÉ.

Les voilà donc, nos deux amis, l'honneur, l'orgueil de notre pays !... Voyons, mes camarades, avant de quitter ma ferme pour nous rendre au village, il faut boire à la santé de nos braves ; zouaves !... Allons, Criquet, verse, verse à pleins bords et chantons en choeur !

Tous.

Oui ! oui, chantons et buvons ! verse, verse, Criquet ! (Criquet pendant le choeur centrée a placé une table au milieu, avec verres ou gobelets, bouteilles, etc).

CRIQUET.

Voilà ! voila ! servis !... A la santé des amis !

Tous.

Bravo ! bravo, (ils boivent).

CHOEUR GENERAL.

La belle nuit ! (bis)
La belle fête ! (bis)
Ah ! quel plaisir

De boire ensemble
A table ! à table !
Et le verre à la main,
Trinquons, chantons, buvons (bis)
Jusqu'à demain... (bis).

    CRIQUET
Encore une rasade, les amis ! hardi là !
Tous.
Bravo ! bravo ! Criquet !
(Ils boivent).
Reprise du choeur : La belle nuit, etc.
LEFUTÉ.
Voyez donc les amis, comme le costume militaire leur va bien... Ah ! sergent Lavaleur, il y a deux ans, vous nous l'aviez bien dit que nous les trouverions changés... sapristi ! ça réjouit le coeur !... Et cette belle croix !... comme ça brille sur la poitrine... ça ne veut pas dire qu'on est resté en arrière, ça, hein ?
Tous (avec force).
Vive Robert ! Vive Julien !
LAVALEUR.
Ah ! ces deux-là, j'les avais jugés d'avance au départ, et mille canons ! Lavaleur ne se trompe jamais au physique, ça s'voit dans les yeux... Robert et Julien sont des soldats modèles !... je suis fier d'avoir obtenu mon congé avec eux.
ROBERT.
Ma foi, M. Lefuté, mes braves camarades et moi, nous sommes heureux de vous revoir et ravis, enchantés de la cordiale réception que vous nous faites.
JULIEN.
Je partage avec plaisir les mêmes sentiments que mon frère d'armes vient de vous exprimer. Quant à vous, M. Lefuté, je suis heureux de pouvoir devant tous nos amis, vous remercier des soins que vous avez pris de ma bonne mère : vous avez tenu noblement votre promesse ! Soyez-en béni !

LEFUTÉ

Ah ! Julien, je savais trop bien apprécier ton sacrifice !... Aujourd'hui tout est fini, tu es de retour, mes voeux sont exaucés ! Le bonheur est là !... Ta bonne vieille mère t'attend au village ; encore quelques instants et tu seras dans ses bras !... Elle pleurera... mais ce sera de joie, en voyant son fils, son bon Julien, décoré de l'étoile des braves !

ROBERT.

Oui, mes amis, noire Julien mérite le bonheur, et à plus d'un titre ; j'en sais quelque chose, moi !

JULIEN.

Allons, allons, Robert, je t'en prie, tais-toi.

ROBERT (souriant).

Tais-toi donc toi-même, monsieur le modeste... Écoutez, mes amis, ce petit épisode de notre carrière militaire !... C'était presque sous les murs de Sébastopol ; j'étais avec mes camarades, placé en éclaireur pendant la nuit... Le poste, croyez-le bien, n'était pas très agréable ; mais le devoir avant tout, le soldat ne sait qu'obéir... Donc, jusqu'à dix heures, tout paraissait tranquille... quand, environ une demi-heure après, une vive fusillade se fait entendre du côté des remparts de Sébastopol ! Les balles pleuvaient comme la grêle ; nous n'étions pas nombreux, 150 hommes à peu près, et nos coups de fusil ne pouvaient presque rien !... A la lueur des pots à feu lancés par les Russes, ces derniers découvrent notre ligne d'éclaireurs, malgré nos quelques embuscades... Que faire ?... Je l'ignorais comme mes camarades... Abandonner notre poste... impossible ! Les balles sifflaient toujours... et au moment où nous cherchions le moyen de battre en retraite pour retourner au camp et rejoindre notre corps... une gueuse de balle arrive et me fracasse la jambe !... Je tombe !...

Impossible de me relever... mes camarades, battaient en retraite et ne me virent ni ne m'entendirent...

Je suis flambé, me dis-je... Les Russes tiraient toujours et mes compagnons s'éloignèrent lentement en soutenant le feu !... Que faire ?...

Le jour paraîtra... les Russes ne me feront pas de quartiers !... Il faut mourir ici, me dis-je... je murmure une prière du fond du coeur, un adieu au pays et j'attendais la mort !... quand tout à coup, une voix amie murmure à mon oreille : Non, non, Robert, tu ne resteras pas ici, je te sauverai ou nous mourrons ensemble ! Et ce compagnon, ce frère, malgré les balles, malgré l'obscurité, me prend entre ses bras et cinq minutes après, j'étais sur les chariots d'ambulance !
TOUS (avec explosion).
Vive ! Vive Julien !
ROBERT (serrant les mains de Julien).
Oui, mes amis, vous avez bien deviné... c'était Julien !... c'était mon ami mon frère d'armes, qui venait, au péril de sa vie, m'arracher à la mort !
CRIQUET (s'essuyant les yeux avec sa manche).
Cré coquin ! j'en pleure tont rouge !
LEFUTÉ.
C'est beau ! c'est grand, ça, mon Julien ! Ah ! je le répète, le village doit être fier de vous deux !... Voyons, mes camarades, on nous attend là-bas avec une grande impatience... Mais avant de quitter ma, ferme, encore une rasade, comme dit Criquet.
CRIQUET
Oui, oui, parrain, et servis de suite. (Il verse).

    LEFUTÉ.
Allons, les amis, à l'honneur de l'armée française !
Tous (criant).
En avant ! En avant ! (ils boivent).
Reprise du choeur :
 La belle nuit, etc.
LEFUTÉ.
Maintenant une chanson de départ.
Tous (criant).
C'est ça ! oui ! oui ! une chanson !
CRIQUET.
Ah ben, si vous voulez, j'vas vous chanter la complainte du juif-

errant ; y a 47 couplets, sans compter la morale.
LEFUTÉ.
Si c'est avec ta complainte que tu penses nous amuser, tu peux la garder pour toi.
CRIQUET.
C'est vrai qu'alle est un peu triste ; mais c'est pas moi qui l'a faite.
LEFUTÉ (souriant).
Ah ! je n'en doute pas.
CRIQUET (vivement).
Ah ! dites donc, les amis, aimeriez-vous la chanson du beau voltigeur ?
Tous (avec force).
Oui, oui, la chanson du beau voltigeur !
CRIQUET.
Ah ! mais v'là l'diable, c'est que j'la sais pas.
Tous (aux éclats).
Ah ! ah ! ah ! ah !
LEFUTÉ (riant malgré lui).
A-t-on jamais vu un animal comme ça ? mais tais-toi donc alors !
JULIEN
Mais je me rappelle, Criquet, avant notre départ, tu chantais souvent les deux conscrits montagnards.
ROBERT
Tiens, mais c'est vrai, voyons Criquet, quoique tu ne sois pas un grand chanteur, on se contentera, allons, chante.

LEFUTÉ.
Robert a raison, allons, filleul, force-toi un peu ; on aura de l'indulgence, de plus cette chanson est de circonstance pour l'arrivée de nos deux amis... et ensuite, ça fera oublier ta bêtise de tout à l'heure ?
CRIQUET.
Ma foi, j'veux ben, à une condition, c'est que vous f'rez chorus (sonnez l'h : c...h...o (chaud)).
LEFUTÉ.

Tais-toi, malheureux, dis-donc chorus (corus).
CRIQUET (étonné).
Ah ! bath... c...h...o... cho !
Tous.
Cho...(co).
CRIQUET.
Cho ! (chaud).
Tous.
Cho !
CRIQUET
Ah ! ma foi, tant pis pour mon maître d'école, j'ai toujours dit cho...
mais Vous voulez co... marche pour co... co... coco... je m'lance !...
Tous.
Allons, en avant, Criquet !
CRIQUET.
1er Couplet.
Partant avec courage,
Deux conscrits montagnards
Jetaient sur leur village
De douloureux regards.
Beau pays que voilà,
Tout le bonheur est là.

    CHOEUR
Il n'y a pas de croyance,
Pas de séjour,
Qui vaille le toit de chaume,
Ou l'on reçut le jour.
2e Couplet.
Au milieu de la ville,
Et du luxe et de l'or,
Songeant à leur asile,
Ils répétaient encore ;
Grand'ville que voilà,
Le bonheur n'est pas là.

CHOEUR
Il n'est pas de royaume, etc.
3eme Couplet.
Mais quittant leur bannière,
Un jour, libres et joyeux,
Regagnant leur chaumière
Ils répétaient tous deux :
Beau pays que voilà,
Tout le bonheur est là.
CHOEUR
Il n'est pas de royaume, etc.

FIN.